UN MOT

SUR

QUELQUES QUESTIONS

A L'ORDRE DU JOUR.

UN MOT

SUR

QUELQUES QUESTIONS

A L'ORDRE DU JOUR.

Nous sommes menacés de l'hypocrisie
politique.

Par l'auteur de la *Politique de M. de Villèle*, et des *Lettres
au comte de* ***, *pair de France, sur la Septennalité
et la Réduction des rentes*.

PARIS,

J. G. DENTU, IMPRIMEUR-LIBRAIRE,
RUE DES PETITS-AUGUSTINS, N° 5.

MDCCCXXIV.

UN MOT

SUR

QUELQUES QUESTIONS

A L'ORDRE DU JOUR.

———

J'AVAIS terminé, à quelques détails près, un écrit où j'embrassais notre situation politique sous ses nombreux points de vue ; j'établissais, avec un sentiment de conviction qui pouvait peut-être suppléer à ce qui me manquait d'ailleurs ; que nos libertés publiques, le pouvoir royal, dont elles sont la plus sûre garantie, notre prospérité intérieure, notre crédit ; nos plus précieux intérêts à l'étranger, la considération à laquelle nous avons tant de droits de prétendre ; que toutes ces choses, enfin qui, dans leur ensemble, constituent en quelque sorte l'existence d'un grand peuple, étaient également compromises

par la persistance d'un seul homme à repousser tous les conseils, à se refuser à toute évidence, à continuer à marcher dans une
voie peu honorable et semée de périls divers.
L'extrême désir d'être utile, sans me faire il-
lusion sur la faiblesse de mes moyens pour
remplir dignement une tâche aussi difficile,
me l'avait cependant fait entreprendre. Je
suspends la publication de mon travail, et,
pour ainsi dire, malgré moi. Une idée que
jusqu'à ce jour je n'avais fait qu'entrevoir, et
que je désirais repousser me saisit, ne me laisse
plus d'autre faculté que celle de l'exprimer.
Les conséquences du déplorable système dans
lequel on est entré, se manifestent trop hautement pour que l'on puisse se les nier à soi-
même ; elles se succèdent, se pressent avec
une effrayante rapidité. Nous arrivons au
terme où devait nécessairement nous conduire l'abandon des principes, des doctrines,
des intérêts généraux, pour embrasser la dé-
défense des intérêts privés, pour nous jeter
dans les affections personnelles ; mais je ne
sais pas le secret d'envelopper ma pensée,
et ne veux pas l'apprendre. La voici nette-
ment exposée : *Nous sommes menacés de l'hy-*
pocrisie politique; c'est une maladie nouvelle

qui s'empare du corps social. Je vais en dé-
crire rapidement les effets ; je parlerai des
causes fort peu ou point du tout.

Je prends mon point de départ dans la
proposition relative à la réduction des rentes.
C'est une question jugée, épuisée, me dira-
t-on ; on se tromperait, la question est fé-
conde en résultats : c'est un arbre qui porte
encore des fruits. Le projet sur la rente est
le fait dominant de la session (1) : j'y vois
même la session tout entière. Adopté, le
projet, par son exécution, perdait infailli-
blement M. de Villèle, mais il menaçait des
intérêts bien autrement chers que les siens ;
rejeté, il ne peut plus être fatal qu'au ministre qui l'avait conçu ; en définitive, il dé-
cidera de son existence politique. Un ministre
présumé financier a échoué dans une proposition de finances ; il a fait naufrage dans le
port qu'il s'était creusé ; la Bourse a vu sa
défaite ; on croyait qu'elle ne pouvait jamais
voir que ses triomphes. Parcourons le champ
de bataille, nous le trouverons encore cou-
vert de débris, nous verrons comment une

_____

(1) Relativement à la session ; la septennalité em-
brasse l'avenir ; elle lui est léguée.

grande faute peut conduire à des fautes nou-
velles d'une autre nature, et non pas moins
grandes ; comment un tort immense peut s'a-
graver par le refus obstiné d'en faire l'aveu,
afin de se mettre en mesure de le réparer.

Je ne saurais passer sous silence la circonstance la plus essentielle, selon moi, à laquelle
ait donné lieu la discussion dans les deux
Chambres ; je veux parler de celle qui a pré-
cédé immédiatement le rejet de la loi dans la
Chambre héréditaire : j'y vois une triste
preuve de ce profond dédain de l'opinion,
caractère distinctif de la politique actuelle de
M. le président du conseil.

M. de Villèle a défendu son projet de loi
d'une manière remarquable sous plusieurs
rapports : il y a développé complètement les
moyens qui lui sont propres. J'ai lu avec beaucoup d'attention les discours qu'il a prononcés (et il est monté souvent à la tribune) ; j'ai
désiré sincèrement apprécier le talent qu'il y
avait mis, car il y a mis du talent. J'ai voulu
m'en rendre compte : je l'avouerai, mes réflexions ne m'ont pas conduit à un autre résultat que celui indiqué par un noble et vé-
nérable membre de la chambre des pairs.
J'ai admiré, dans cette occasion, avec

quelle justesse, quel sentiment exquis des convenances, les personnes d'un rang élevé dans l'ordre ecclésiastique savent rendre leur pensée; la force s'y trouve, mais voilée par l'expression; en jugeant un homme d'État, ils font preuve d'une extrême modération, et cependant le jugement qu'ils ont porté est d'une vérité frappante; il n'est plus possible d'y ajouter quelque chose. Traduisez, commentez, cherchez le mot sévère, vous n'irez pas plus loin que ne va l'inoffensive définition donnée par Mgr l'archevêque de Paris, et vous direz après cet habile orateur : M. de Villèle a soutenu son projet avec *persévérance et facilité* (1).

Ces dispositions n'ont point abandonné M. de Villèle un seul moment; bien loin de là, au moment décisif, lorsqu'il ne restait plus aux nobles pairs qu'à déposer leur vote, elles ont semblé acquérir un nouveau degré d'énergie; le ministre du Roi s'est présenté à la tribune, et a fait une proposition tellement étrange, que l'on ne pourrait en citer un autre exemple depuis l'établissement du gouvernement représentatif parmi nous, et

(1) *Voyez* le discours de Mgr l'archevêque de Paris.

que j'aime à croire que nous sommes désormais à l'abri d'un exemple semblable.

On avait quelques soupçons des intentions de M. le ministre des finances à ce sujet; moi-même je les avais fait pressentir (1); mais avec beaucoup de mesure; car je ne pouvais croire qu'ils fussent fondés. On assurait que M. de Villèle désespérant de faire passer sa loi dans sa pureté à la Chambre des pairs, et ne voulant pas la rapporter à celle des députés, songeait à profiter des combinaisons du projet, par suite desquelles tous les moyens d'exécution se trouvaient placés en dehors de la loi; le bon sens du public fit sur-le-champ justice de cette intention seulement présumée; M. de Villèle recevait à l'avance, et sans être compromis, un avertissement salutaire; il n'en tint aucun compte. Et que proposait donc le ministre du Roi à la noble assemblée? La violation de toutes les règles, le mépris de l'une des dispositions les plus impératives, les plus essentielles de la Charte. Il voulait éluder le concours indispensable des trois

(1) Dans ma *Lettre à M. le comte de* ***, sur la réduction des rentes.*

pouvoirs politiques, pour l'adoption d'un amendement, quel qu'il soit. Le gouvernement ne peut retrancher ni ajouter un écu à la fortune publique sans une discussion préalable et le vote des deux Chambres, et M. de Villèle opérait un mouvement de 8 ou 10 millions, non seulement en se passant de la Chambre élective, mais même sans avoir besoin de la sanction royale ; les choses se faisaient sur parole; et la loi votée, le ministre pouvait mourir le lendemain ou être renvoyé, son successeur ne devait rien, absolument rien aux rentiers ni aux pairs de France ; ces derniers eurent à peine un instant pour se reconnaître. Heureusement leur excellent jugement les préserva du danger auquel ils se trouvaient subitement exposés. On ne saurait s'imaginer quel tort eût fait à la pairie l'adoption du projet de loi, après une proposition de cette nature. On eût été bien injuste envers cette illustre compagnie, et l'on eût attribué à la complaisance un vote obtenu par surprise.

La proposition de M. de Villèle portait donc une sensible atteinte aux prérogatives de la Chambre des députés, ses droits étaient méconnus, la loi, amendée par le fait, ne se trouvait plus être celle qu'elle avait votée, elle était soustraite à sa révision ; et cependant, pas une plainte ne s'éleva du sein de la Chambre ! Est-ce que les assemblées délibérantes ne sont pas jalouses de leur autorité ? L'expérience prouve le contraire. Est-ce que personne dans la Chambre ne s'aperçut de cette infraction vraiment grave ? Beaucoup en furent frappés. D'où vint donc ce silence étonnant ? J'aurai bientôt l'occasion d'en indiquer la cause.

La conduite qu'a tenue M. de Villèle à la Chambre des pairs dans cette importante discussion, son attitude visiblement embarrassée, les concessions assez notables qu'il a dû faire, la communication d'une partie du traité, dont il sentit la nécessité, ont mis au grand jour un fait que les esprits attentifs avaient déjà eu l'occasion d'apercevoir, c'est que ce ministre, souvent habile à remuer la Chambre des députés, est absolument hors d'état d'exercer la moindre influence sur la Chambre haute ; il y arrive même souvent à des résultats diamétralement opposés à ceux qu'il espérait obtenir ; la différence de position tient ici à des considérations d'un très-haut intérêt, et qui mériteraient bien d'être

développées; je n'en ai pas le loisir, et je
poursuis l'examen des faits qui ont suivi immédiatement le rejet de la loi.

Le parti ministériel s'est cru obligé de
l'expliquer à sa manière, et je dois dire qu'en
cette occasion il ne s'est rien refusé; c'était
merveille ou pitié de voir avec quelle facilité
des hommes qui ne sont pas sans préten-
tions se chargeaient du rôle de simples, et
le naturel parfait qu'ils mettaient à le jouer.
Ces braves royalistes abordaient les adver-
saires du patron avec un air triste et caress-
ant tout à la fois; leur physionomie était
altérée; ils parlaient à voix basse. La circonstance est des plus graves, disaient-ils;
vous avez fait une grande faute; votre op-
position à M. de Villèle a ressuscité le parti
du dernier ministère; vous lui avez donné
des forces, une nouvelle vie, il voudra en
profiter; nous sommes menacés d'un ministère semi-libéral, s'il ne l'est pas entière-
ment; nous reculerons de trois années pour
le moins, et de six ou huit années peut-être.
M. de Villèle parle de se retirer : savez-vous
bien par qui il serait remplacé ? Des noms
étaient prononcés, et par distraction sans
doute, on désignait précisément ceux qui

sont évidemment hors de la ligne qui seule aujourd'hui peut conduire au pouvoir ; puis on demandait instamment (dans l'intérêt de la monarchie, bien entendu) de réparer la faute commise ; il fallait faire cause commune, serrer les rangs, et soutenir un ministre qui ne demandait pas mieux que de se dévouer encore une fois pour sauver les royalistes, ainsi qu'il avait déjà fait (1). Il y avait tant de ridicule dans ces choses-là, que ç'eût été folie de s'en fâcher. Les amis de M. de Villèle voulaient nous faire peur des revenans. Nous n'y croyons pas ; nous ne nous attachons qu'aux réalités ; et qu'y a-t-il de réel dans tout ceci ? Des hommes d'un talent incontestable ont trouvé l'occasion de le déployer ; ils l'ont saisie, rien de plus naturel. J'aime à croire aussi qu'ils ont voulu remplir un devoir. Sortis des conseils du Prince, honorés de ses bontés, décorés par lui de la pairie, ils ont voulu concourir au rejet d'une proposition qu'ils jugeaient désastreuse ; ils se sont joints à nous. Mais on ne

---

(1) On assure que cette tactique est mise encore en usage dans ce moment assez critique, par M. de Villèle ; elle est bien usée.

veut pas convenir que la loi était mauvaise ,
et l'on trouve plus convenable de donner à
entendre que c'est la Chambre des pairs qui
n'est pas bonne ; au lieu de garder un silence
honnête, et qui de plus eût été éminemment
politique, on aime mieux calomnier les intentions, dénaturer les faits, et tirer parti,
s'il se peut, des idées fausses que l'on se fait
généralement sur les divers élémens dont se
compose la Chambre héréditaire. Ah! si
l'on pouvait soulever le voile qui doit toujours couvrir le scrutin des Chambres, ceux
qui n'ont pas abjuré toute pudeur rougi-
raient, j'en suis certain, des odieuses insi-
nuations qu'ils se sont permises. Certes, des
hommes infiniment respectables, je le sais,
n'ont pas refusé leur vote à la loi de M. de
Villèle ; mais il est permis d'ajouter, lorsqu'on en a la certitude, que, parmi ces derniers, plusieurs se sont fait l'application du
mot de Pilate, et que beaucoup d'autres, non
moins dignes de vénération, de vieux serviteurs du monarque, des hommes qui ne demandent rien, ne veulent rien, et donneraient au contraire ce qui leur reste de biens
et de vie pour la conservation de la maison
royale, ont repoussé le projet, intimement

persuadés qu'il apportait un dommage notable à la fortune publique, et compromettait
le plus précieux bien que puisse posséder le
trône, l'affection des sujets.

Cependant un projet de loi de finance
adopté par la Chambre des députés, rejeté
par celle des pairs, était un évènement ex-
trêmement remarquable ; il révélait la situation, et mettait au grand jour le véritable
état des choses : c'est précisément ce résultat
que l'on craignait, et que l'on aurait voulu
éluder ; il n'y a pas eu moyen ; presque tout
le monde voit clair aujourd'hui. La Chambre
des pairs s'est élevée dans l'opinion : l'on
commence à entrevoir quelle est sa véritable
destination, et dans quelles circonstances
son intervention, toujours utile, peut de-
venir nécessaire. Si par impossible il arrivait
qu'un ministre s'emparât des élections, vi-
ciât dans sa source le gouvernement représentatif, et rapportât tout à lui au lieu de
rapporter tout au Roi, à l'État ; on est en
droit d'espérer qu'il rencontrerait de puis-
sans obstacles à ses desseins, dans une assemblée forte de l'indépendance de ses
membres, et de ce caractère de perpétuité
que lui confère l'hérédité. Enfin, la Cham-

bre haute a beaucoup gagné : celle élective
a-t-elle beaucoup perdu? Je ne sais : ce
serait un grand malheur. Dans tous les
cas, il serait encore en son pouvoir de le
réparer.

Ce n'est pas assurément l'occasion qui lui
manquera : elle lui a été récemment offerte ;
elle se présente d'elle-même en ce moment.
Il s'agit encore de l'indemnité aux émigrés :
c'est la question à l'ordre du jour ; elle y res-
tera jusqu'à ce qu'elle soit résolue ; il ne faut
pas s'en étonner : c'est une question d'hon-
neur et de justice. M. de la Bourdonnaye l'a
comprise ainsi : il a soumis à la Chambre
une proposition qui n'a pas été accueillie ;
il devait s'y attendre, et nous aussi, mais
non pas en raison des motifs qui ont été al-
légués. L'examen de ces motifs entre bien
évidemment dans mon sujet, et je vais dire
avec beaucoup de franchise ce qui m'en
semble.

Deux choses sont ici à considérer : le droit,
l'application du droit. Ce n'est pas le droit,
je pense, que l'on a voulu contester ; il est
consacré par la Charte ; des considérations
d'une haute politique ont dû, en effet, l'y in-
troduire. M. de la Bourdonnaye a donc usé

d'un droit évident. Son tort ne peut être là.
Voyons s'il est dans l'application.

Initiative royale, droits et prérogatives de
la couronne : ces mots sont beaux; l'idée
qu'ils expriment est imposante; ne devrait-on
pas la respecter? Fallait-il la détourner de sa
source? Fallait-il abaisser un grand principe
monarchique jusqu'à le faire servir à la défense personnelle d'un ministre? Le Roi doit
proposer l'indemnité, dites-vous; et pourquoi cela, excellens royalistes? Afin de mani-
fester ses intentions, le vœu de son cœur;
mais vous mettez en question ce que M. de
la Bourdonnaye reconnaissait comme un fait
irréfragable. Le Roi, dans son discours d'ou-
verture, avait solennellement exprimé ce
vœu, et j'ose ajouter qu'il n'était pas besoin
qu'il l'exprimât; la France n'avait, ne peut
avoir aucun doute; elle sait que l'indemnité
est vivement désirée par le monarque; qu'elle
a fréquemment occupé sa pensée, exercé sa
sollicitude; on sait que, par son ordre, un
de ses ministres avait préparé un projet de
répartition : M. de Richelieu eût mis son
bonheur et sa gloire à attacher son nom à
cette grande réparation; il était bien fait pour
en apprécier la justice, et la raison politique

ne lui avait pas échappé. Mais nous avons repoussé M. de Richelieu (1), parce que nous
ne lui trouvions pas un génie assez étendu ;
nous étions loin de prévoir qu'il serait remplacé par un ministre qui, sans avoir des ta-
lens plus élevés que les siens, nous donnerait
lieu de regretter amèrement sa droiture, la
noblesse de ses sentimens, la dignité de son
caractère.

La proposition de M. de la Bourdonnaye
était loyale, opportune ; elle satisfaisait à
toutes les convenances ; elle en avait une parti-
culièrement que l'on n'a pas voulu apercevoir.

Sortons du cercle étroit où l'on voudrait
nous renfermer, sans autres affections, sans
autres intérêts que ceux que nous pouvons
avouer hautement, entrons dans la pensée
de l'honorable député ; essayons de voir
comme lui, d'un même coup d'œil, la royauté
dans l'exil, la royauté recouvrant ses droits
et sa splendeur héréditaires. Ne craignons pas
de les juger l'une et l'autre ; elles n'ont rien à
perdre à être vues de près.

A l'exemple de ses ancêtres, de glorieuse
mémoire, le Roi se déclare le premier gen-

(1) Nous avons peut-être hâté sa fin.

tilhomme de son royaume ; il en est aussi le premier émigré..... La cause de l'émigration est la sienne. Faut-il, lorsqu'il s'agit de cette cause, que l'obligation de parler le premier soit imposée au Roi? Pense-t-on que cette initiative, dont on fait en ce moment un si spécieux prétexte, exige absolument que S. M. *demande* à l'État de payer sa dette? Ne serait-il pas aussi convenable, et beaucoup plus politique, qu'au lieu d'une *demande* il y eût une *proposition*, au lieu d'une réclamation une offre, et qu'elle fût faite au nom de la France, par ces grands corps que le Roi a constitués pour en être la représentation fidèle, les organes avoués ?

J'ai dit : Le Roi doit-il demander l'indemnité? Je vais plus loin : Le Roi peut-il la demander (1)? Et je réponds négativement. Lorsque nous voyons tant de gens flatter bassement les serviteurs du monarque, je crois qu'il m'est permis de déposer à ses pieds un libre et juste hommage.

---

(1). Il faut prendre ces deux expressions, *doit-il*, *peut-il*, dans le sens absolu que lui donne le parti de M. de Villèle, qui, pour rejeter la proposition de M. de la Bourdonnaye, a dit qu'il fallait attendre que le Roi fît connaître sa volonté.

Et cependant, dans ma respectueuse franchise, je ne puis m'empêcher de faire remarquer une faute commise dès l'origine ; elle consiste à n'avoir pas inséré dans la Charte, à la suite des dispositions relatives aux propriétés dites *nationales*, une disposition qui eût consacré le principe de l'indemnité comme une conséquence nécessaire de celles qui garantissaient les ventes ; je *sais* que le Roi en avait le désir, et qu'il l'exprima. La question fut débattue : malheureusement des hommes qui assuraient connaître la France à cette époque, et devaient en effet la connaître, déclarèrent qu'on ne pouvait donner cette garantie aux émigrés sans s'exposer à de grands dangers. La circonstance était extraordinaire : le Roi revenait d'un long exil ; on trompait déjà le Roi ; il n'y avait pas l'ombre du danger ; mais il se trouve toujours des gens disposés à créer une position difficile, dans l'espoir de rendre leur direction nécessaire. La Charte ne parla pas d'indemnité.

Cette faute reconnue, et elle est celle des conseillers du Roi, je n'hésite pas à affirmer ceci : le Roi, de sa personne, a fait pour les émigrés tout ce qu'il pouvait faire. Le prince a traité ses serviteurs comme lui-même était

traité ; Sa Majesté rentra dans ses domaines
non vendus, et par une ordonnance souve-
raine, elle fit rentrer sur-le-champ les émigrés dans ceux de leurs domaines que les
gouvernemens révolutionnaires n'avaient pas
aliénés. Et que devint la question de l'indemnité ? Laissée en dehors de la Charte, *elle
entra dans les attributions d'un ministère respon-
sable*: suivez cette idée, elle seule peut vous
expliquer d'une manière juste et convenable
à la fois l'ensemble des faits si divers qui se
sont succédés depuis dix années.

Le Roi suit constamment les règles qu'il
s'est tracées en donnant à ses peuples le
gouvernement représentatif, et le grand
principe consacré par la Charte, ainsi con-
firmée par l'application, devient la sauve-
garde du trône ; le ministère propose, le
Roi souscrit ; les ministres sont responsa-
bles, le monarque est inviolable.

Revenez maintenant à la question de l'indemnité, elle acquiert une clarté parfaite,
vous la trouvez aujourd'hui là où elle est
depuis la restauration ; la question est minis-
térielle comme toutes les autres, et c'est ce
qu'il importait de constater. M. Decazes n'a
point proposé au Roi l'indemnité, *les dispo-*

sitions des esprits, *les intérêts moraux de la* *révolution ne le lui permettaient pas.* Royalistes, vous avez désiré un ministre royaliste., et il ne vous a pas été refusé ; il ne propose pas non plus l'indemnité, *il dit que la situation* *des finances le lui défend;* et par ce seul mot, le vœu du Roi, aussi bien que le vôtre, reste inaccompli. Voulez-vous vous assurer que je dis vrai et ne flatte point, répondez à ceci : Si à M. de Villèle succédait M. de la Bourdonnaye, est-il douteux que le nouveau ministre, vingt-quatre heures après sa nomination, se présentât devant la Chambre le projet d'indemnité à la main ? Vous ne croyez pas que cela soit douteux ; la solution de la question est donc entre les mains du ministre et non pas dans celles du Roi.

J'ai dû présenter ces réflexions; les motifs mis en avant pour repousser la proposition de M. de la Bourdonnaye les rendaient nécessaires ; ces motifs étaient une offense envers le monarque, parce qu'ils semblaient jeter des doutes sur un désir, une intention qui ne sont douteux pour personne ; en déclarant qu'il fallait attendre la proposition royale, on établissait en fait que si Sa Majesté voulait l'indemnité , elle l'eût demandée.

Le Roi la veut, et il ne s'agit plus pour lui que de savoir si son ministre a les moyens d'y faire face ; il dit que non ; un député a la certitude du contraire ; il se fait fort de prouver qu'il est en mesure d'acquitter la dette de l'Etat; sa proposition n'a pas d'autre but ; on feint de ne pas l'apercevoir, la discussion est éludée, et le nom sacré du Roi sert à couvrir un intérêt personnel que l'on a le malheur de croire compromis ; car enfin, il est temps de le dire, on n'a vu là que M. de Villèle aux prises avec M. de la Bourdonnaye ; on est venu à son secours par un vote négatif, comme on a voulu quelques jours plus tard l'arracher par des cris au reproche trop mérité d'une faute tellement extraordinaire, que par égard pour soi-même, on ne veut pas la qualifier, que par respect pour le gouvernement du Roi, on refuse de l'appeler du nom qui lui appartient (1). Des députés ont pensé que le ministre qu'ils affectionnent était en péril, et

---

(1) Séance du 29 juin.... ; elle a fait plus de mal à M. de Villèle que l'ensemble de la discussion sur la rente, plus peut-être que toutes ses fautes réunies. C'est qu'il y a des fautes antipathiques au caractère national, des fautes qui ne sont pas françaises.

ils n'ont pas compris que le seul péril qui
le menaçât, consistait à laisser son géné-
reux adversaire se placer à la tête de l'opinion royaliste, et établir une ligne de dé-
marcation bien prononcée entre les royalistes qui veulent l'indemnité et ceux qui
sont disposés à se contenter de M. de Villèle. Eh ! que dirons-nous du silence de ce
dernier ! Un homme sorti de nos rangs a eu
le triste courage de rester indifférent à une
question qui ne trouve plus d'indifférens, il
n'a pas éprouvé le besoin d'exprimer, je ne
dirai pas une opinion, mais un sentiment,
et il s'agissait de la cause la plus noble, la
plus touchante qui puisse être offerte aux
regards des hommes ! la fidélité ! le malheur ! un sacrifice sublime, un dévouement
si beau, que l'on en chercherait vainement
dans l'histoire un autre exemple ! L'émigration française était devant lui ; il est demeuré
immobile et sans voix ! Il a attendu froide-
ment le résultat d'un froid calcul !

Plus susceptible d'entraînement que de co-
lère, je ne cherche point à me procurer la
satisfaction cruelle de mettre au grand jour
des torts dont le public n'a que trop bien
senti la gravité. Une autre idée me préoc-

cupe ; dans ces torts, je ne veux voir qu'une faute commise. J'ai dit que l'on était encore à temps de la réparer : le voudra-t-on? Je ne sais; pour moi, je n'ai qu'une tâche à remplir : c'est de prouver qu'on le peut et qu'on devrait le vouloir.

Je croyais, je l'avouerai, que M. de Villèle en manifesterait l'intention. Je pensais que, frappé des dangers que lui fait courir une position qui chaque jour devient plus mauvaise, parce que chaque jour elle devient moins honorable, il voudrait tenter quelques efforts pour s'en arracher. Il n'en fait rien cependant, et je vois de tous côtés des gens qui se demandent pourquoi M. de Villèle, à qui l'on ne saurait refuser quelque habileté, semble-t-il prendre plaisir à se perdre, par le refus obstiné de reconnaître une seule faute, même celle qu'il pourrait justifier par la droiture de l'intention. Voici pourquoi; mais ce n'est pas moi qui vais vous l'apprendre. Écoutez ces paroles d'un roi, du grand roi; Louis XIV veut expliquer à l'héritier de son trône sa conduite et les motifs qui l'ont dirigée : « Je vous les expliquerai « sans déguisement, lors même que mes « bonnes intentions n'auraient pas été heu-

« reuses, persuadé qu'il est d'un petit esprit,
« et qui se trompe ordinairement, de vou-
« loir ne s'être jamais trompé, et que ceux
« qui ont assez de mérite pour réussir le
« plus souvent, trouvent quelque magnani-
« mité à reconnaître leurs fautes (1). »

Il m'est aujourd'hui démontré que M. de
Villèle n'en voudra reconnaître aucune : ce
n'est donc pas à lui qu'il faut s'adresser. Mais
nous avons des Chambres ; elles sont royalistes ; les lumières, bien que trop inégale-
ment réparties dans l'une et l'autre, ne man-
quent cependant à aucune des deux, et nous
leur devons, nous nous devons à nous-
mêmes, d'avoir en elles assez de confiance
pour être bien persuadés que sachant où est
le mal, elles voudront y appliquer le remède
s'il leur est suffisamment indiqué.

Je désire que l'on soit fixé d'avance sur le
but que je me propose d'atteindre, sur les
résultats que je voudrais obtenir ; deux résultats d'une nature très-distincte et cependant étroitement liés l'un à l'autre : la pers-
pective d'un fonds d'indemnité pour les
émigrés, un moyen efficace, et le seul qui

_____

(1) Discours de Louis XIV à Msr le dauphin.

soit praticable, de relever le crédit public
en ce moment visiblement ébranlé.

Les funestes conséquences de la présenta-
tion du projet de loi sur la réduction des
rentes se manifestent avec une évidence bien
triste, mais aussi bien irrécusable ; les opi-
nions qu'ont émises les écrivains royalistes,
le vote de la Chambre des pairs, ne sont que
trop bien justifiés : nous ne demandions pas
un tel succès.

On ne pourrait, même à l'aide du calcul
de probabilités le mieux établi, se faire une
idée exacte des désastres qui eussent suivi
(et de plus près que je ne l'avais d'abord soup-
çonné) l'adoption du projet de loi et sa mise
à exécution. Que M. de Villèle me permette
cette réflexion ; elle n'est point celle d'un
ennemi. Nous lui avons rendu un grand ser-
vice. Il voit trop bien sa position pour ne
pas sentir cette vérité; mais il ne lui est pas
donné d'en convenir; son caractère lui défend de tels aveux : peut-être même voudra-
t-il essayer d'expliquer la baisse vraiment
effrayante de nos fonds, par des considérations tirées du rejet de la loi, en ce sens
qu'il n'aurait pas fallu la rejeter. Je le préviens
qu'il échouerait complètement dans une

semblable tentative : les faits le démentent à l'avance ; je vais les mettre en lumière.

Immédiatement après le rejet de la loi, la rente baissa sensiblement, et elle est progressivement descendue jusqu'au cours de 98 fr. (ce qui la réduit à 96 fr. 50 cent., en raison des intérêts acquis, dont il faut toujours opérer la déduction, si l'on veut connaître le cours réel.) C'est que le cours auquel elle s'était élevée et maintenue pendant la discussion était factice. Le rejet de la loi a seulement constaté ce fait, mais avec cette circonstance, qu'il est démontré aujourd'hui à tout homme qui ne cherche point à s'aveugler, que, dans le cas du vote de la loi, le mouvement fatal, retardé de quelques semaines, eût été une véritable *catastrophe*.

Les joueurs, attirés par les combinaisons du projet, persuadés qu'en jouant avec le ministre des finances et les compagnies contractantes, ils joueraient à coup sûr, s'étaient chargés de rentes à terme ; ils en étaient saturés. A la première liquidation qui suivit le rejet de la loi, ils tentèrent de résister au choc ; espérant que le ministre pourrait venir au secours de la place et opérer une hausse, ils se firent reporter. M. de Villèle avait en effet un puissant intérêt à soutenir la rente ; mais l'expérience a démontré, pour la vingtième fois, que le gouvernement est impuissant à arrêter le mouvement de la baisse, du moment où il a dépassé une certaine limite. A la fin de juin, l'on s'est fait encore reporter : ceux qui ont pu payer les différences résultant d'une baisse non interrompue, ont vu leur report maintenu (et c'est un malheur pour eux). Un grand nombre ne pouvant solder ces différences, leur liquidation s'est faite d'*office : * de là la chute du cours *au dessous du pair.*

C'est une position dont il faut bien se rendre compte ; la proposition de M. de Villèle a paralysé le crédit public ; la rente sous ce ministre ne doit plus monter au-dessus du pair, mais il n'y a aucune raison pour qu'elle descende au-dessous, aucune dis-je qui tienne à sa proposition, et la raison en est simple, c'est que, quelque défiance qu'inspirent ses intentions vraies ou présumées, on sait qu'il offrira toujours le remboursement au pair.

Ceci posé, voici la question qui se présente. Les choses peuvent-elles rester en cet état ? Je ne crois pas que quelqu'un se décide pour l'affirmative. Reste donc à examiner quels sont les moyens d'arriver à un état de choses meilleur ou du moins plus supportable.

Je sais bien qu'il en coûte beaucoup aux amis de M. de Villèle d'avouer que leur ministre, si longtemps réputé l'homme nécessaire au crédit public, est devenu un puissant obstacle à son développement; c'est un fait cependant, et je ne concevrai jamais qu'il y ait quelque chose à gagner à nier un fait qui s'annonce avec une irrésistible autorité : chercher à en atténuer les résultats, serait, je crois, plus sage et plus profitable à un ministre auquel il convient de pardonner d'avoir porté au crédit une funeste atteinte, en raison des services éminens qu'il a rendus à l'État dans une infinité d'autres occasions.

Veut-on essayer de relever le crédit? un moyen se présente aux Chambres. (1) Un amendement au budget est nécessaire; il doit porter sur le fonds d'amortissement. Je sais quelle objection a été faite à l'avance à cette

_____

(1) Et qu'on ne me reproche point de proposer une chose pour en obtenir une autre ; je méprise trop la dissimulation dans les autres, pour me la permettre à moi-même ; je me suis expliqué franchement.

proposition que l'on soupçonnait bien devoir se présenter; je ne la discuterai pas, je croirais faire une chose par trop ridicule; je ne dirai pas non plus ce que j'en pense; on comprendra mes motifs et l'on m'approuvera; je me bornerai à cette réflexion générale, et sans aucune acception de personnes : que pour soutenir cette nouvelle théorie de l'amendement (qui, soit dit en passant, conduit à dénier aux Chambres le droit d'amender les propositions de loi), il faudrait préalablement faire l'aveu d'une profonde ignorance ou d'une complaisance extrême. Quant à moi je passe outre; et sans m'inquiéter de ce que peuvent désirer ou craindre les amis d'un ministre, il me convient de n'accorder d'attention qu'aux choses qui touchent à la prospérité du gouvernement du Roi, bien persuadé que je ne pourrais mieux lui prouver mon respect profond, mon dévouement inaltérable à sa personne auguste, qu'en cherchant à seconder le vœu de son cœur, qui, modelé sur celui du *bon roi,* tend incessamment à rendre meilleure la condition de ses peuples.

Il conviendrait donc 1° de distraire du fonds d'amortissement l'excédent aux 40,000,000

de sa dotation annuelle (soit 34,000,000);
2° de porter ces rentes 5 pour cent sur un
nouveau livre au titre de 4 ou 3 pour cent
(et peut-être sous ces deux titres, dans une
proportion quelconque). Voici les avantages
qu'on pourrait se promettre de ces dispositions.

Les nouveaux fonds étant à l'abri d'une
proposition de réduction, le cours s'élève-
rait rapidement, il se fixerait et donnerait
ainsi la juste mesure du taux réel de l'intérêt
de l'argent; et comme les fonds de diverses
natures tendent toujours à se mettre en équi-
libre, la rente 5 pour cent monterait aussi,
mais non pas dans la même proportion que
les rentes inscrites à un titre plus bas; dis-
tinction bien importante et qu'il ne faut pas
perdre un moment de vue, si l'on ne veut
pas s'écarter de ce qui est juste et vrai.

En effet, la difficulté *peut-être insurmon-*
table que présente une proposition quelconque de réduction sur la masse de nos
rentes 5 pour cent, consiste en ceci, que nous
n'avons pas à côté de ce fonds un autre fonds
non réductible, ou qui ne le serait qu'à une
époque indéfiniment éloignée. C'est un ther-
momètre qui nous manque pour connaître le

véritable prix de l'argent. M. de Villèle assure
que le taux de l'intérêt est descendu à 4 pour
cent; je le crois un peu plus élevé, mais il
pourrait être à quatre en effet, que nos rentes
5 pour cent donneraient toujours désormais
l'intérêt conventionnel du pair, à moins que
le ministre ne voulût faire déclarer par *la loi*
que ces rentes ne seront jamais remboursa-
bles, ni par conséquent réductibles.

M. de Villèle n'a pas assurément cette intention, et j'ajoute qu'un autre ministre ne
l'aurait pas à sa place; le droit a été admis; il
y a des motifs solides pour que le gouvernement l'exerce. Il n'est pas sans inconvénient
pour le crédit, qu'un fonds de rente s'élève
sensiblement au-dessus du capital nominal
pour lequel il a été constitué; M. de Villèle
pensait sans doute qu'il y avait beaucoup
d'avantage à faire descendre le titre de la
rente à peu près au niveau du taux reconnu
de l'intérêt de l'argent, et il avait parfaitement raison; le principe était bon, mais l'application qu'il en voulait faire était détestable,
et c'est ce qui a fait rejeter sa loi.

Si la proposition que je discute était sou-
mise aux Chambres, elle donnerait lieu à des
objections; on ne saurait en faire qui fussent

graves, mais il s'en présenterait une qui serait spécieuse.

Le crédit public, en ce moment ébranlé, va
recevoir, dirait-on, une nouvelle atteinte du
retranchement notable opéré sur le fonds
d'amortissement.

Ce serait une erreur de la part de ceux qui
le croiraient de bonne foi. L'élévation ni
même le maintien du cours ne sont aujour-
d'hui subordonnés à la conservation intégrale
du fonds d'amortissement. Règle générale :
l'intégralité du fonds d'amortissement n'est
réclamée que lorsque la masse des capitaux en
circulation sur la place, n'est pas assez forte
pour soulever la masse des rentes flottantes.
Ce n'est point à une telle circonstance que l'on
peut attribuer la dépréciation de nos fonds,
le ministre a dit avec raison que les capitaux
abondaient sur la place, c'est la confiance
qui manque ; que la caisse d'amortissement
achète journellement des rentes dans la proportion de 74 ou de 40,000,000. La différence, toute considérable qu'elle paraisse,
n'aura sur le cours aucune influence et ne
pourra jamais neutraliser ce défaut de confiance qui paralyse seul en ce moment notre
crédit, et frappe de stérilité la plus belle si-

3

situation financière qu'il y ait en Europe.

Remarquez d'ailleurs que rien n'empêche-rait le ministre des finances, suffisamment autorisé, à opérer un revirement des fonds inscrits à divers titres, de mettre en émission des 4 ou des 3 pour cent pour rentrer avec le capital dans la rente 5 pour cent, et con-courir par là, si contre mon opinion on le jugeait nécessaire, à améliorer le cours des 5 pour cent.

Mais je répète que ce cours s'éleverait par le seul fait de l'établissement d'un nouveau fonds, et je suis persuadé que les hommes qui ont des notions exactes sur la question que je leur présente ne contrediront pas mon assertion.

J'ai exposé ce qui me paraissait utile, je dirai plus, indispensable, en raison de la situation nouvelle créée par M. de Villèle; vainement il voudrait le nier au public et se le dissimuler à lui-même; il a arrêté dans son essor le crédit public; et si les choses restent dans l'état où elles sont, il ne se relèvera pas; rien ne l'oblige à convenir des causes aux quelles un fait si fâcheux doit être attribué, mais tout, ce me semble, lui impose le de-voir de chercher à atténuer le mal, et peut-être même à en faire sortir un bien réel.

J'aurais pu ajouter sur la question de finance beaucoup d'autres considérations ; elles se présentent en foule à mon esprit, je les écarte, pressé par le temps et persuadé d'ailleurs que quelques hommes habiles dans la Chambre élective, un plus grand nombre dans la Chambre héréditaire sauront bien suppléer à ce qui manque à ces réflexions tracées (je dois le dire) beaucoup trop à la hâte.

Sans avoir l'inconvenante prétention de présenter à des pairs de France, à des députés, mes propres idées d'une manière absolue, je leur demande cependant la permission d'établir à la fin de cet écrit le projet d'amendement que j'ai soumis à leur zèle éclairé et de lui donner une forme régulière, afin que ma pensée et *mon arrière pensée,* parfaitement à découvert, soient bien comprises.

Amendement.

1° La totalité des rentes 5 pour cent acquises par la caisse d'amortissement lui est retirée ; elle se trouvera par cette disposition réduite à sa dotation annuelle.

2° Ces rentes s'élevant (soit 34,000,000) seront portées au titre de 4 et 3 pour cent dans les proportions suivantes sur, de nouveaux livres ouverts à cet effet, *et constitueront un fonds disponible pour recevoir telle destination qu'il plaira au Roi de proposer* (1).

---

(1) Que l'on se garde bien de croire que par cette dernière disposition, il entre dans ma pensée d'attribuer à l'indemnité la totalité du nouveau fonds. L'émigration, je le sais, n pas à répéter une somme aussi forte, et comme il s'agit d'une dette de l'Etat, et nullement d'une largesse, les royalistes ne demandent pour des émigrés que ce qui leur est rigoureusement dû.

FIN.

www.ingramcontent.com/pod-product-compliance
Lightning Source LLC
Chambersburg PA
CBHW060900180626
46818CB00004B/1799